문학과지성 시인선 564

# 눈부신 디테일의 유령론

안미린 시집

문학과지성사

문학과지성 시인선 564

# 눈부신 디테일의 유령론

초판 1쇄 발행 2022년 2월 4일
초판 3쇄 발행 2023년 12월 21일

지 은 이 안미린
펴 낸 이 이광호
주 간 이근혜
편 집 조은혜 최지인 이민희 박선우 방원경
펴 낸 곳 ㈜문학과지성사
등록번호 제1993-000098호
주 소 04034 서울 마포구 잔다리로7길 18(서교동 377-20)
전 화 02)338-7224
팩 스 02)323-4180(편집) 02)338-7221(영업)
전자우편 moonji@moonji.com
홈페이지 www.moonji.com



ISBN 978-89-320-3952-7 03810

문학과지성 시인선 564

# 눈부신 디테일의 유령론

안미린

## 시인의 말

환영의 완형으로.

2022년 2월

안미린

# 눈부신 디테일의 유령론

## 차례

**시인의 말**

**1부 유령 기계**

유령 기계 11
1

유령 기계 12
2

유령 기계 14
3

유령 기계 16
4

유령 기계 18
5

유령 기계 20
6

유령 기계 22
7

유령 기계 24
8

유령 기계 26
9

유령 기계 30
10

유령 기계 31
11

**2부 비미래Non-Future**

비미래 35
비미래 36
비미래 38
비미래 40
비미래 42
비미래 44
비미래 46
비미래 48
비미래 50
비미래 51
비
미래 54

**3부 유령계**

유령계 59
1

유령계 61
2

유령계 63
3

유령계 64
4

유령계 66
5

유령계 70
6

유령계 71
7

유령계 72
8

유령계 74
9

유령계 76
10

유령계 78
11

**4부 유령의 끝**
**기계의 끝**

유령의 끝 83
1

유령의 끝 84
2

유령의 끝 85
3

기계의 끝　87
88
89
부러진 모래시계 속에 먼 눈이 쌓이는
눈먼 방음　90
스노볼을 흔들어 어디로 갈 것인가 하는
희디흰 눈 속으로……　92

**5부 눈 내리는 소리에는 아무 장식이 없다**

❄　95
❄　96
❄　98
❄　100
❄　102
❄　104
❄　105
❄　108
❄　109
❄　110
유령 숲에서 아무도 아니었던 마음
유령 숲을 태웠던 여기가 아니었던 마음　111

**6부 양털 유령, 양떼지기, 아기 양, 아기 양 지킴**

양털 유령, **양떼지기**, 아기 양, 아기 양 지킴　115
**양털 유령**, 양떼지기, 아기 양, 아기 양 지킴　116
양털 유령, 양떼지기, **아기 양**, 아기 양 지킴　118

양털 유령, 양떼지기, 아기 양, **아기 양 지킴** 119

**찾아보기**

유령류 120

# 1부 유령 기계

# 유령 기계
## 1

하얀 연골의 크리처가 오고 있다.

빛과 불을 밝힐까.

악천후에는 유령물을 찾곤 했지. 따듯한 미래물을 찾곤 했지.

빛 속에서 눈을 감으면 가까운 뼈를 가졌다고 생각했어.

얼린 티스푼을 두 눈에 올리면 그 차갑고 환한 기분이 유령의 시야였지.

유령의 등뼈는 더 부서지려는 이상한 반짝임.

크리처가 오고 있어. 들것에 실려 오는 시간.

백골색 머리띠를 부러뜨리고 이마에 입을 맞추는 너의 어떤 면.

# 유령 기계
## 2

풀장의 깊이와 허묘의 깊이가 비슷하다는 말을 들었을 때
술래가 되고 싶어

텅 빈 풀장의 회청색과 청회색 관이 흡사하다는 말을 들었을 때
그 말이 아름다웠어

술래의 말을 더 듣고 싶어
너무 작은 관이 없어서 다행이었다는 말

풀장에 가파르게 쌓이는 먼지의 층겹
여름의 장소가 겨울의 공간이 되는 흐름

우주 냄새 같은 스산함
숨겨진 일이 끝내 남겨지는 옅은 흔적들

빛을 향해서 눈이 부실 때
첫 유령이 이토록 투명해지는 인사……

눈이 쌓인 무덤은 철 지난 풀장만큼
걸터앉기 좋았는데

술래들을 기다리면서
비밀을 잃게 될 것을 알면서도 나는

미래의 술래처럼
슬픔을 기다릴 수 없는 나는

가만 듣고 있었지

유령은 물이나 뼈에 모여든다는데
물과 뼈가 없을 때

비밀과 슬픔 중에
유령을 홀리는 쪽은 어디인지

# 유령 기계
# 3

빈터에 이불이 펼쳐지는 밤이었다. 하얗게 세탁한 이불을 내다 버리는 밤.

이불 폐허의 밤.

폐허는 부드러웠지. 두툼한 솜이불에 빛냄새가 났다. 이 순간을 좋은 세계라고 말할 수 있어서 이불을 쌓아 올렸다.

이불은 쌓아도 쌓아도 무너졌다. 쌓으면 쌓을수록 깊어졌다.

낯선 아이들이 철겨운 이불을 끌고 나왔지. 홑이불을 뒤집어쓰고 제 온기에 숨어들었지.

그것은 흰 폐허 조각을 끌어 올렸다가 끌어 내리며, 공간을 여미는 감각이었고
텅 빈 기분의 형태가 유령의 속살로 채워지는 일이었어.

아이들은 솜을 만진 손으로 그다음에 닿은 것을 기억했다.

그 기억 속에서 유령보다도 유령과 관련된 사람이 빛났다.

아이들은 영혼에 대해 할 말이 더 있다고 했다.

# 유령 기계
# 4

앙상한 나선계단에서. 유령 소문이 감도는 장소에서.

꿈속에서 잃어버린 신발을 신고 있었다.

가파른 기울기에 연루된 계단, 그 기울기에 스며들어 있는 유령이 느껴지면

어두운 곳과 밝은 곳을 지나 투명한 곳으로

내려가면서 배회했다.
형체가 형태가 되어가는 것. 형태가 형체가 되어버린 것.
하얀 나선 구조의 부체가 믿기면

계단이 밀어내는 자리에 먼 길을 끌어 앉히고, 뒤가 닳은 발굽조차 등을 세워서

이 영혼에 하얀 신발을 떨어뜨렸다는 말.

사라지듯 휘감기고 있었다.

희고 차갑게 맨발을 겪는, 모든 계단의 공간에서.

# 유령 기계
# 5

우리 집과 가깝지도 않았는데 빈집엘 갔다

깊게 살았던 집이었나

낯선 문틈에서 마른 우산을 말아 접으면
빈집이 빈 집처럼 멀어지거나, 빈 집이 빈집처럼 가까워졌다

물에 잠긴 문처럼
사각마저 무너뜨리는 공간이 아늑하고

잊힌 순서로 재배치된 얼룩들, 유령과의 거리감으로 흰 벽까지 밀어붙여진
정처 없음

이상할 만큼 청소가 된 마룻바닥과, 기분이 투명해질 정도로 울었던 일과
집 속을 깨끗하게 비워두는 여행벽

떠난 집과 마주치면, 마주침에 떠밀렸다

우리 집과 가깝지도 않았는데 안팎이 투명하게 쏟아지고 있었다

# 유령 기계
# 6

겨울 무지개를 찍은 흑백사진이었다

밤이 되기 전에 눈이 멈췄다는 기록을 남기려던 것이었지만
흑백 무지개는 느슨하게 빛과 연루되고
계조를 쌓아 올렸다
어둠 이하의 밤이 어둠 이상의 밤이 되기까지 깊어지는 것
주변보다 조금 하얀 얼룩은 유령이 아니었다
그것은 유령을 본다는 것이 어떤 일이었는가 하는 열은 기록의 계열
창백한 빛이 닿은 필름조차 유령의 일이 아니었다

텅 빈 어둠에 빛이 닿을 때 그 환한 기분의 형태가 부풀어 올라
사라진 피사체는 스스로 유령인 것을 조금도 숨기지 않는 잠상으로 잊혔다

밝은 창가에 유령의 독사진이 쌓여가고

흑백 무지개가 빛바래고 있었다

# 유령 기계
# 7

텅 빈 화분이 점점 늘어가고 있어

그중에 새의 뼛가루를 섞어 만든 화분이 있어서
다른 생각을 하지 못한다

빈 화분을 숲에 심으러 갔지

숲에 물을 쏟으면 숲에 물을 주는 일
순을 지르면 어린 기계처럼 연푸르러지는 일

잡아주지 않은 수형을 따라서 유령이 영글고
하얀 뿌리가 흙 속에서 걸어오는 일

셀 수 없는 일들이 밀려오다가
숲에 물을 엎지르는 일이 된다

텅 빈 화분의 무거움을 따라 내려가며 착목하는 밤
죽은 숲의 겨울처럼 할 일이 있어

차가운 절기마다 물백신을 믿는 일
회보랏빛 겹꽃으로 꽃점 보는 일

꽃잎이 마르면 밝고 상세해지는 꽃말들

부스러진 꽃잎의 꽃말을 믿는다는 것

# 유령 기계
## 8

그들이 해변에서 수리하려던 것은 무엇이었을까.

깨진 찻잔은 어떨까.

무너지는 흰 모래성. 차곡차곡 쌓아놓은 설탕 포대들.
해변에 쏟은 설탕이 달고 차가웠던 것은?

연장주머니에 숨겨둔 은빛 꽃가루. 케이크에 흩뿌리는 먹는 금가루.
물에 잘 녹는 가루 감기약.

가루약을 털어 넣은 파도는 어떨까.

둥근돌의 서툰 모서리. 물결에 마모되는 슬픔과, 여윈 무릎들.
밀려나 자라나는 깊이로, 깊이로 물러나는 틈으로, 방류되는 물의 유령들.

바다에서 물이 새는 해변의 차원은 어떨까.

구겨진 셔츠의 흰빛과, 은단추로는 묶이지 않는 바다.

이 모든 무의미를 알 수 없을까. 무의미의 움직임을 알 수 없을까.

알약처럼 삼킨 은단추는 어떨까.

깨진 찻잔이 아직 희고 뜨겁다는 것은?

# 유령 기계
# 9

## 0-1. 흰 기계

안개가 은폐하는 것들을 생각하다가, 안개마저 은폐되었다는 생각에 이르렀을 때

수련 수녀는 희소재처럼 영혼이 거의 없다고 생각했다

형틀 목수는 안개가 걷히지 않는 작은 도시 단위를 생각했고

흐린 도시가 주력하는 하얀 기계들, 슬픔에 지나지 않는 밝은 비물질, 일순간 차갑고 뜨거워지던 감정의 법랑질, 자신의 안쪽이 타인의 바깥이었던 기억을

스스로 거주와 주거를 겹쳐내는 유령들을 생각했다

## 1-0. 웃는 얼굴도 뼈였다고

뼈는, 이마를 짚어 기억하는 것이었지. 환한 미열은.

한낮 둥근 두개골을 생각할 것. 두개골을 얼굴에 품고 텅 빈 뼈의 공백을 볼 것.

웃는 얼굴도 뼈였다고

입안의 속살을 깨물듯 영혼을 깨물 것.

## 1-1. 기분 기계

안개가 머무는 동안 흰색 기계가 더 흰 기계를 만들었다.

텅 빈 기계가 기분 기계를 만들었다.

유령 기계는 보이는 세계를 허무는 데 그치지 않고 투명한 세계마저 세우려고 했다.

유령이 유령임을 멈추지 않고 '유령을 하는' 수행성.

## 0-0. 수련 수녀는 두 손으로 기도할 수 있는 곳을

형틀 목수는 유사 기계적인 흐름을 기억하고 싶었다

기분이 기분에 머무르는 곁과 결
가득한 안쪽과 텅 빈 밖의 포개 놓음
인간이 아니지만 인간을 말하는 밝은 헛것
유령을 점유하지 않고 유령을 향유하는 빛……

수련 수녀는 두 손으로 기도할 수 있는 곳을 지나치지 않았다

유령을 하얗게 얼릴 수 있다는 생각이 들면 컵을 놓쳤고 겨울이었다

# 유령 기계
## 10

고스트 라이터는 핏빛 사탕을 입에 물었다. 입속이 베이면 말이 흘렀다. 작고 연붉은 말. 다디단 날카로움의 말.

# 유령 기계
# 11

흰 돌의 물성을 좋아하는 사람의 이야기를 듣고 있었다

비의미를 희미하게 풀어내는, 사라진 듯 전해지는

그곳의 미로는 단지 흰 돌을 쌓은 일이라는 말이 듣기 좋아서, 그곳에 머무르는 기분이 들었다

이야기의 끝은 희고 차갑고 미로 속에서 존재를 망설였던 것

다른 사람이 되기 전에 사라지는 몸에 기대었던 것

오랜 머뭇거림 끝에 유령에 이르러서야 속삭이는 말, 낯선 말을 쌓아 올려서

낮은 목소리에 부딪히는 곳이 생겼다

그 후의 건축성은 없었다

# 2부 비미래Non-Future

# 비미래

떠나온 해수는 청색 찻잎이 흩어진 색감이었다

우려낸 기억이 수면 위에 유령 도시를 그려냈다
해류를 거스르면서 우리는 우리의 이름을 붙여서 긴 이름을 만들었다
우리의 긴 이름을 외우지 못하는 시간, 우리의 얼굴을 전부 외울 수 없는 마음을 기억했다
제 한계를 마주하며 감은 눈은 깊고 먼 기억을 가만히 받아들인다
더 연해지는 연골의 세계
피가 씻겨 내려간 뼈를 정렬하는 곳

떠난 사람으로 비워낸 세계가 미래는 아니었을까
한 줌 고운 뼛가루를 불어본 순간 시작된 가설

우리는 이 가설을 밀고 나가고 싶다

# 비미래

작고 하얀 동물의 나이로 구십구 세가 되었다

홀케이크에 꽂은 가늘고 검은 양초들, 녹아내리자 흑과 백의 거리감이 없었다

케이크에 박힌 얼굴을 들면 더 깊어지며 사라지는 기분

지나간 마음이 그 기분과 거리를 두었지만, 희고 어두운 기분이 미래가 아닌 것만은 아니었다

이제는 한낮에 불을 켜고 잠이 들어도 서툰 미래를 볼 수 없겠지

일 분 전, 나는 검은 양초에 불을 붙이고 싶다

입안에 퍼지는 소문을 퍼뜨리고 싶다

축, 생일……

## 촛불을 불어 기도를 끊고, 전 세계를 견디기 전에

## 비미래

멜론 껍질의 그물 무늬는 속력과 전속력이 교차하는 흔적이었다

그리드를 살짝 벌리는 것만으로 들어오는 빛이 있었다

이 겨울에 열리기도 그 여름에 닫히기도 했던 이른 과일들

후숙을 기다리는 동안 아이들은 미래감을 느꼈다

텅 빈 맛이어도 빛의 일부였다는, 어제의 불편함이 외로웠다는 세대로부터

빛이 잘 드는 쪽으로 웃자라는 아이들의 발목

키 높이가 표시된 문틀은 문을 닫으면서 부정할 수가 없다

넝쿨이 벽을 통해 본 것만으로는 이 빛을 가둘 수 없다

열린 문이 서는 어둠조차 양 문의 양쪽이 가득했다

텅 빈 온실마저 그 문을 열었을 때 하얀 끈이 풀리는 흰 운동화

두 발목에 흰 꽃을 걸어 잠그는, 유령의 동선을 가진 것이다

# 비미래

인공 미라가 투명한 몸을 감추고 있어.

거울 유물에 붙은 반투명 스티커를 떼면, 희고 끈끈한 유령이 피어났어.

표정이 다치면 거울의 등을 쓰다듬었던 기억.

일상이 된 영혼은, 유령보다 내가 조금 더 보이는 이유일 테지.

이제는 깨진 거울을 발라내면서 거울 틀 안에 머무를 필요가 없어.

거울도 빛이 바랬어.

조금 웃기만 해도 환해지는 얼굴의 성분처럼.

빛바랜 일들이 비밀과 멀리 떨어져 있다는 착시를 일으켰지.

하얀 붕대를 감아 모호함을 굳히고, 붕대를 풀어 시선을 돌려놓는다는 것.

# 비미래

무정물이 있을 것이다. 비생물이 있을 것이다. 심우주가 있을 것이다.

눈과 손, 젖과 피, 행불행, 구겨진 지도 위에 태어난 아이들이 있을 것이다.

어린 그들에게 첫 폭력이 있을 것이다. 점화점이 있을 것이다. 기현상이 있을 것이다.

비주류가 있을 것이다. 유령류가 있을 것이다. 일각수, 유령종, 유리뿔.

미시사가 있을 것이다. 영향력이 있을 것이다. 먼 이야기 밖으로 전하는 우편환이 있을 것이다.

별세계는 아닐 것이다. 유령림幼齡林이 있을 것이다. 돌과 들, 긴긴밤, 다음 세기의 흑백 꿈.

유령상이 있을 것이다. 유영체가 있을 것이다. 가루눈,

빛과 백, 유령성. 박하향이 퍼지는 유령체가 있을 것이다.

비현실이 없을 것이다. 덧차원이 있을 것이다. 비감각이 없을 것이다.

이 모든 예감 끝에, 첫 장르의 첫 단어가 결정될 것이었다.

# 비미래

겨울 서퍼들이 지도의 빈 곳에 서 있었다

다녀온 파도는 미래라고 말할 수 있는 환한 높이였다

오직 한 파도에 한 사람이 탈 수 있다는 굳은 약속과, 하얀 파도 거품의 외골격

여름에 부러져 온 발목이 해변에서 잠시 발을 멈춘다는 것

먼 시간 속에서 멀지 않은 곳을 향하는 빛이 있었다

다시 옅은 색의 옷을 입고 떠나는 마음이 될 때, 그림자가 살갗에 묻어나도록 밀려드는 빛

눈이 부시면, 어떤 용서보다도 높게 있어야 했다

겨울 서퍼들이 파도 밑에서 찾은 벼랑

# 서퍼들이 차가운 유령을 뒤집어쓸 때

# 비미래

활과 하프. 활을, 하프를 배우러 갔다.

텅 빈 활과 텅 빈 하프였다.

빈터에는 사라진 선생님. 없는 화살들.

활에는 거미줄이 가득했다.

선이 면이 되는 동안 교실은 허물어졌나. 허물어지는 동안 악흉이 남아 있었나.

허공을 맴도는 은빛 연을 끌어오는 동안.

유리 가루를 입힌 연줄의 빛. 눈 내린 거미줄의 빛. 이 악기에는 손이 닿을 수 없어.

탁월풍이 불고 있었다. 활을 당기면, 환한 빛이 빈터를 향하고 미래가 비미래를 향했다.

# 비미래

고장 난 유리 새장에 날아든 것은 빛 속에서 사라졌던 해조였다.

새는 둥지를 쪼고 차갑게 물 목욕을 하고 유리창을 깨고 날아갔다.

손끝에서 새를 잃었지만, 새들이 새의 입구로 사라진다는 점은 변함없었다.

두 손에 죽은 새를 주워 담아도 제법 아늑하다고, 새를 돌보면서 곁을 돌보던 일.

애완될 수도, 반려될 수도 없는 야생 생물이 늘어가고 있었다.

새벽빛에 닿은 혈거 동물이 옷장에 숨어들었고, 우주에서 살아 돌아온 하얀 뿌리가 금 간 물컵을 휘감았다.

가까운 숲에선 사계절 이름이 철겹게 들려오고 있었다.

초봄의 겨울이, 늦가을의 여름이, 아름다운 개와 고양이가 먼저 가진 이름이.

이따금 어린 들개가 집에 들어서서 깨끗한 물을 마시고 떠나갔다.

사람은 들개를 해칠 수 없을 만큼 세계를 사랑해야만 했다.

유령은 세계를 해칠 수 없을 만큼 세계를 사랑해야만 했다.

그러자 들개는 인간에 가까운 유령과, 유령에 가까운 사람을 구분하지 않았다.

# 비미래

작고 흰 개의 유령과 로봇 개.

입김으로 흰 꽃을 깨우는 유령의 동력과, 눈부신 빛의 순백력.

길든 개가 눈과 심장에 빛을 채웠다.

겨울 뜰에서 로봇 개를 키우는 정서가 수락되고 있었다.

로봇이 녹슬면, 모두가 그걸 용서했다.

겨울 식물의 가짓수가 늘어났다.

# 비미래

먼저 도착하기 없는 미래였는데
누가

새가

새가 출발하는 정서는 발에 있구나
기분을 움켜쥐고 날아왔구나
새가 알을 품고 마음이라 생각했다면
작은 발등 위에 내려놓은 감정이라면

누가

새와 가까운
은회색 슬픔을 갖게 되었나
그것을 가까운 미래의 일이라 하고
영혼이라는 볼륨에 관한 것이라 하고

새가

없고
둥지가 없는 세계에서
고요한 미래는 모든 아이 방의 텅 빔
눈과 입을 닫으면 숲이었던

누가

새의 수화를 하고 싶어서 텅 빈 두 손이 될까
손 차가운 영혼이 이곳에 와서
미래의 분위기를 망치는 영혼이 와서
미래의 먼 영혼이 와서

새가

스치듯 얼음에 알이 닿았던 새 때의 기억
어깨까지 날개를 걷어 올리는 너의 재긍정
깨진 기도 끝에서
미래형의 새점을 치는

누가
새가

발 없이 길이 밀려온다는
새들의 새가

## 비
## 미래

떠도는 유령을 유령선에 데려다주어야 할 때

여백을 밟았다.

폐사지의 드높음과 방치된 사잇길의 드넓음. 따뜻한 물이 얼음을 파고드는

망가진 곳.

누군가 일력으로 종이접기 하고, 그 얇은 유령선을 잃을 때

유령이 선체에 싣는 것은 작고 부드러운 손길이 은닉하는 것이었다.

두 눈을 감아 슬픔을 감추는 몸이 뼈의 반경이었지만

사라진 나날은 미래의 넓이 밖으로 도착하지 않았다.

그것은 영혼을 어디까지 잃을까 하는, 자기 영혼이 뼈의 맨 안쪽을 등지는 기분.

이제 시간은 뼈에 실린 것이었다.

길을 잃으면 어디든 미래와 비슷해 보여.

옮게 언 유령선이 떠남과 죽음 사이에 머물렀다.

# 3부 유령계

## 유령계
## 1

물기 없는 욕실에서 베이비파우더를 쏟았다.

하얀 치약으로 콧수염을 만들다가. 어두운 거울에 입김을 남겨보다가.

파우더 입자가 부옇게 퍼지며 가라앉았다. 그런데……

꿈속 어디에도 가루가 묻지 않는다.

이 꿈은, 이 벽은 투명했다. 투명한 사람이 꾸는 꿈 같았다.

투명한 일을 더 원하면 어린 유령에게서 잠든 아기 냄새가 나겠지.

희고 깨끗한 속옷이 된 영혼과, 멍든 발등을 스치는 헛디딤.

따뜻한 물을 틀자 따뜻한 빛이 쏟아졌다.

미래의 빈집에 맡겨둔 유령조차, 빛 속에 흘러드는 체류였다.

# 유령계
2

유령이 하얗게 뭉쳐진 돌을 주웠지. 안개가 자욱한 수석 정원에서.

작은 돌을 주웠던 것뿐인데, 주변이 조금 밝아지는 기분이 들었다. 텅 빈 주머니에 흰 돌을 넣고 걸었다. 물가를 따라 내려가면 물기가 도는 운석들. 해골을 닮은 물형석. 잠든 새 형태의 화석과, 연한 준보석……

돌무덤에 숨긴 하얀 알이 보였다. 알을 깨면 안개가 피어오르겠지. 생각하면서, 돌을 감싸 쥐는 가벼운 악력. 안개 속에서 흰 돌을 쥐는 기분과, 마모된 슬픔의 내력. 이 슬픔의 둥글고 둥긂. 부스러진 돌의 조흔색은 창백하고 달콤한 회분홍이었고

짙어지는 안개 속에서 반걸음 더 가까운 곳. 수면에 비치는 얼굴을 모아두는 곳. 첫 천사처럼 두 눈 감는 법을 몰라서 먼 잠을 이루는 곳. 가라앉는 쪽에서 머리에 이고 있다는 작고 아름다운 돌.

하얀 돌을 놓치면 흰 광맥이 느껴졌다. 어디에도 멈추지 않도록 긴 손금에 끼는 안개였다.

# 유령계
# 3

드론을 띄웠다. 유리 묘비가 간결하게 도미노를 이루고 있다. 일어날 수 있는 일들이 조금씩 일어나고 있는 거겠지. 땅 밑에선 작고 우아한 식물성 관이 생분해되고 있겠고. 유리질 묘비에 반사되는 빛. 그 빛을 받고 자라나는 흰 꽃들. 흰 꽃을 으깨어 추출한 향수 한 방울. 도미노처럼 향기가 퍼져나갔다. 드론을 밀어내듯 눈부시게 퍼져나갔다. 지도 모서리를 접은 하얀 빈자리. 드론에 잡히지 않는 곳까지.

이름 모를 유리 묘비에 입김을 불어넣었지.

투명한 유언의 차원은 잊힌 적 없는 선약이었다.

# 유령계
# 4

한겨울 편물 교실이었다.

유리창 밖에서 환한 좀비들이 서성였다. 티 없이 깨끗하고 환한 좀비들.

햇볕이구나, 생각한 순간 하얀 좀비에 청자색 스웨터를 입히고 싶어졌다.

혹독한 추위보다 환한 빛의 부피가 스웨터의 색감을 결정하고 있었다.

차가운 물에 닿은 스웨터. 웅크리며 얼어붙은 스웨터. 자청색 스웨터를 풀어 만든 청자색 스웨터.

부드러운 스웨터를 입고 그네를 타면, 정리되는 마음이 있던 것.

엉킨 실타래처럼 속이 어두워지면, 안이 따뜻해졌다.

스웨터를 껴입은 유령처럼, 손이 손목을 풀어내고 있었다.

목이 돌아가는 인형에 감은 눈을 수놓던 손.

두 손이 언 손을 맞이하고 있었다.

가벼운 악수로 빈 장갑을 결성하는 유령의 맨손이었다.

# 유령계
# 5

1-1.

모린 스펙터는 이국인이었다.

모린은 눈이 오거나 허기가 지면 낯선 시제로 혼잣말을 했다.

희고 따뜻한 크림을 완성할 때쯤이면, 나는 회고전을 끝마쳤을 거야.

전미래前未來였다.

1-1-0.

이국인이자 사고실험가인 모린은 허물어진 노포에서 빵을 구웠다.

심녹색 바탕에 흰 얼룩이 진 떡복이 그릇, 그 위에 놓이는 작고 둥글고 따뜻한 빵.

비공간과 반공간의 경계가 허물어지면, 식탁 위에 모형들을 배열했다.

하얀 유령과 텅 빈 유령을 배치했다. 외국인과 외계인을 배치했다. 환상종과 희귀종, 잼과 뱀을 배열했다.

나는 연둣빛 딸기를 쏟고, 밀폐된 실뱀을 풀어주었을 거야

잼과 뱀을 채운 유리병을 깨뜨릴 때쯤이면.

1-1-1.

이국인이자 사고실험가이자 내 친구인 모린은 숨겨진 유령들을 불러들였다.

반유령과 반려 유령들, 유리 유령과 양털 유령들, 초여름 풀냄새의 유령과, 겨울밤 빨랫비누 향을 흘리는 유령……

중간 유형의 다치기 쉬운 배열이었다.*

0-1.

텅 빈 흔들의자가 흔들리고 있었다.

기본 빵을 가르면 미래의 세부가 바뀌고, 따뜻한 크림처럼 흘러내리는 미지의 정서.

흔들의자에도 판이 열리는 식탁이었다.

* 양혜규 선집, 『공기와 물』.

# 유령계
# 6

누구도 풀지 못한 슬라이딩 퍼즐의 주해서

그것은 단 하나의 빈칸에 관한 유령학이었다
그것은 차고 부드러운 점자 일기였다
그것은 사방으로 펼쳐지는 지도 접책이었다
그것은 깊은 밤 물에 젖은 달력이었고
그것은 반투명한 손톱으로 밑줄을 긋는 필압의 기록
눈부신 디테일의 유령론이었다

그것은 형이하의 것을 형이상의 것으로 부드럽게 밀어 올리곤 했다
동시에 형이상의 것을 형이하의 것으로 치밀하게 끌어 내리기도 했다
길고 난해한 텍스트에 청보랏빛 압화가 말라붙어 있었다
형이하와 형이상 사이에서 이 현실을 가장 좋아한다는 듯이

이 세계는 아직 실험 단계로 손목의 청보랏빛 맥을 짚는 현대성이 있었다

# 유령계
7

텅 빈 수조는 깊고 어두웠어
깊고 어둡지 않은 것은 이 세계관에 없다는 듯이

차가운 물속에서 꿈을 꾸었지

둥근 수조를 곡해하는 꿈
물에 녹아 있는 비밀을 입속에 쏟아버린 꿈

물속에서 물을 마셔도 심장이 젖지 않았지

긴 뿌리로 헤엄치는 풀잎해룡도 없이
보름달물해파리의 빛 독소도 없이

텅 빈 수조 속에 수중 유령이 가득하고

물속에서 잃은 것이 신생물처럼 투명해질 때
흐르는 피가 뼈에 닿은 기억이 났어

흐르지 않은 것은 이 세계관에 없다는 듯이

# 유령계
## 8

어린 날 바닷가 공원

희고 낡은 회전목마가 멈춰 있고

물에 젖은 채 길을 잃은 아이

목마를 타렴
사람이 올 때까지

좋은 사람이 올 때까지

하얀 해마들이 빛 속을 헤엄쳤지

자처하듯 맴돌았지

부피조차 차지하지 않는
이 어떤 유령됨

들키고 나면 훗날이었어

오래전 사라진 공원이었어

잊힌 기억이 눈부신 채였지

어린 시절에서 멀어지는 동안
회전목마가 부드럽게 돌아서는……

# 유령계
# 9

폐쇄된 미로가 유령의 집이 되고, 폐장한 유령의 집이 미로가 될 때까지

미행은 연이어진다.

두 장소가 한 공간에 머무르는 동안, 미로에 물이 흘러들었다.

밤중에 인어들이 미로에 찾아드는 이유는 물이 차오르기 때문이었다.

어린 인어들이 떠도는 물안경에 현혹되기 때문이었다.

미로 안쪽과 미로 바깥의 낙서가 다를 때 안쪽을 믿기 때문이었다.

미로를 느긋하게 걷던 유령의 발목이 흔들리는 것은 추월의 움직임이 아니었다.

집에서 사라진다는 것은 무거워진다는 것이었다.

이 무게에 빠져든다는 것이었다.

그런 유령의 경로가 미로를 역설계했다.

미로 어딘가, 인어들의 허리 너머로 물이 넘쳤다.

미로의 미행은 일방향의 결을 찢는 것.

흐르는 미행의 끝은 퇴거될 수 없는 모서리였다.

길을 잃으면 인어들은 투명 의자를 했다.

# 유령계
## 10

하얀 흔적과 하얀 얼룩 사이에서

살얼음에 긋는 경계 사이에서
한 쌍의 책 사이에서
천국 폐허를 열고 닫는 쉬볼렛과 시볼렛 사이에서
선이해와 몰이해 사이에서
외우주와 미행성 사이에서
회백색과 백회색 사이에서
고건물과 고사목 사이에서
하드SF와 초소설 사이에서
영원 직전과 영원 직후의 눈부심 사이에서
산산이 부서진 미러볼과, 가장 빛나는 사건의 현장 사이에서

이 존재감이 존재였다고

빛나가는 것들의 우연과, 비스듬한 것들의 유연 사이에서
사라지기에 충분한 가벼움과, 은은하게 가능해진 것

## 사이에서

세계와 여린 세계 사이에서
당신과 더 여린 세계 사이에서

흔적 안에서, 얼룩 속에서

## 유령계
## 11

밭을 떠나 숲을 향하는, 숲에 도착하지 않은 그사이.

텅 빈 일기는 지도를 베낀 것에 지나지 않았다.

그 모든 씨앗을 훔쳐 숲에 버렸다는 고백을 망설이는 동안
식물 사냥꾼을 쫓으려고 놓아기르는 어둠.

발목이 부서지면서 도착했다는 희비극에도, 유령체가 유령계를 향하는
길을 잘 헤매는 피……

어린 타인의 미래처럼 걷다가 걷다가 빛에 걸려 넘어지는 밤.

텅 빈 지도는 일기를 베낀 것에 지나지 않았다.

어린 일기에 불을 붙인 것. 그 연기를 타고 올라 새가 끌어 올린 것.

눈부시게 낯선 장소의 눈부신 낯선 것.

# 4부 유령의 끝
기계의 끝

# 유령의 끝
## 1

하얀 연골의 크리처가 그 세계에 위험이 되지 않게 걸어 나오고 있다.

빛과 불을 밝힐까.

# 유령의 끝
2

하얀 연골의 크리처가 그 세계에 위험이 되지 않게 걸어 나오고 있다.

빛과 불을 밝힐까.

눈부신 유령들이 그러했지. 이곳에 유령이 없어서 유령이 온 것이었어.

그곳에 유령이 사라진 적 없어서 유령이 사라진 것이었어.

그곳의 사라짐이 이곳의 건너옴이라는 것에 익숙한 투명의 천재 같았다.

# 유령의 끝
# 3

하얀 연골의 크리처가 그 세계에 위험이 되지 않게 걸어 나오고 있다.

다가올수록 뼈를 빌려주고 싶다. 희고 단단한 뼈를 내어 주고 싶다.

위고*가 그랬듯 뼈의 문법을 나누고 싶다. (그는 사람들과 테이블에 둘러앉아 유령을 부르곤 했지. 모스부호처럼 테이블이 발을 구르고……)

'여기 있나요?
예,라면 한 번
아니요,라면 두 번 두드리세요

쿵

당신이 누군지 묻기 전에 묻겠습니다
당신은 제 생각 속의 질문을 읽을 수 있나요?

쿵

질문에 대답하길 원하나요?

쿵'**

누군지 묻기 전에 먼저 묻겠다는 말. 우리 외로움을 묻겠다는 말. 두 눈을 감기 전에 이 눈부심을 보여주겠다는 말.

긴 질문을 듣고 걸어 나오는, 연한 뼈.

* Hugo, Victor Marie.
** 올리비에 아사야스, 「퍼스널 쇼퍼」.

# 기계의 끝

빛과 불을 밝혔다. 부드러운 눈빛이었다. 오랜 기억 속을 걸어 나오는 눈빛. 이윽고 도착하는 눈빛.

긴 질문의 끝은 온기였다. 길고 긴 유령사는 그보다 더 길고 연약한 인간사를 되짚었다. 미래의 유령보다 유령의 미래를 기억했다. 유령의 끝은 유령이 옅은 몸을 갖는 것, 투명한 형태를 잃어나가는 것, 환한 빛에 불을 붙이듯

따뜻해지는 것.

수 겹의 트램펄린에서 쿵쿵 발을 구르듯, 몸에 거하는 것.

백색 철거와 대결하는 것.

기계의 끝은 단지 창백한 골격.

은과 눈과 재를 섞은 아름다움.

『빛이 아닌 결론을 찢는』*의 101페이지 시, ‘겹

겹’의

도면을 접으면 이 시의 제목이 되고.

* 안미린의 첫 시집.

낯선 생물의 여러 형상을 겹치면 환호할 만한 신화적 형태였다

혹은, 아무도 모르게 멸종된 동물이었다

일어난 적 없는 과거와 사라진 미래가 겹치면 서툰 그림자가 생겼다

빛 속에서 겹겹이 마주 잃은 그림자였다

# 부러진 모래시계 속에 먼 눈이 쌓이는 눈먼 방음

쌀가게와 설탕 가게 사이
하얀 모래시계 가게였다
모래가 흘러내리는 소리는 작고 부드러웠다
눈앞에 보이는 것이 들리고 있었다
귓가에 들리는 것이 보이고 있었다

쌀가게 딸 같기도
설탕 가게 아들 같기도 한 아이가
눈사람의 심장을 만들었다
눈사람의 무릎도 만들었다
심장과 무릎 사이에
시간의 틈처럼 잘 닫힌 흉터가 있었다
심장과 무릎으로 된 눈사람이
이 계절을 기억하듯이
심장과 무릎이 이 세계를 기억하듯이

눈사람에게 눈이 오고 있었다
눈사람과 자리를 바꾸면 도착이었지만
시계를 뒤집어 되흘러드는 예감

시계의 시간을 보지 않고 먼 눈을 보는 눈이
여기 있었다

부러진 모래시계 속에 눈이 쌓이고 있었다

# 스노볼을 흔들어 어디로 갈 것인가 하는
# 희디흰 눈 속으로……

적설량으로 떠날 수 있는 거리가 정해졌다

잠시 머물겠다는, 떠나면 두 번 다시 돌아올 수 없겠다는 기분 사이를
흩날리는 눈이 메웠다

이제 와 깊이가 무슨 소용인가 싶었지만, 말을 흘리면 눈이 짓눌렸고

나는 이 세계라는 말을 가볍게 쓰기 시작했다

스노볼을 흔들어 어디로 갈 것인가 하는
희디흰 눈 속에서……

# 5부 눈 내리는 소리에는 아무 장식이 없다

유리 미로가 왜 없을까, 알 수 없는 순간 드러나지.
텅 빈 유리 미로가.

미로 속에 눈이 쌓이면 부재한 적 없는 발들이 보여. 유령의 작고 흰 발들, 유령 미아들. 미로는 미아를 돌려보내며 무너지고 싶어. 빈방의 입구를 모은 곳이 되고 싶어. 사라지는 말들을 잃어버리듯, 잃어버려도 흐르는 말들을 잃고. 모서리를 연하게 다듬고, 연하게 맞이하는 모서리가 되면서. 보이지 않는 곳까지 열은 꿀이 흐르는 지름길.

이제 미아는 듣는 쪽이었지. 모서리마다 벌집이 얼어붙는 소리. 언 발을 거스르면서 꿀처럼 흐르는 의미.

흐르는 꿀을 따라서 미로를 가로지르는 의미.

새를 쏘지 마. 외치는 목소리를 들었다. 새를 쏘다니, 이곳에.

넓은 설경 어디에도 보이지 않았다. 새를 쏘려는 사람과 새를 쫓는 사람.

새를 쫓아야 하는데 가벼운 뼈가 서 있었다. 백공작처럼 희고 빛이 났다.

어쩌면 신이 아닐까. 아니었지. 신보다 더 신성한 것에 가까웠지.

존재하고 멀어지는 숲처럼. 겨울 밤바람에 말린 흰 국수처럼.

스완 송처럼.

안개 속에서 안개의 넓이가 되는 목소리. 겨울 깃이 펼쳐 보이는 그 모든 것.

너의 가장 선한 면.

새를 쏘지 마. 흰 국수를 펼치고 국수를 다 놓치듯, 네가 펼쳐지는 흰 벼락.

새를 쫓았지. 네가 너를 펼치면, 네 그림자는 새 떼일 테니.

해변의 눈사람
겨울 초엽에는 눈사람이 사람보다 좋았다

얼음 비늘이 박힌 인어 눈사람
인어의 하체를 들어 올려서 파도에 풀어주었지

눈사람에 사람을 제한 것은 언제 유령이 되었을까
궤도를 허물었을까

둘만 결혼하는 어린 부부가 파도에 부케를 던지고
그 궤적이 멀고 아득해서 눈이 부신 것 같아

파도에 눈이 쌓이지 않아서
눈은 열린 것이 된 것 같아

약속에 휩쓸리며 무거움을 따라 들어올 때
눈사람은 언제 유령들의 관이 되었는지……

눈사람으로 자기 만한 곁을 남기는 사람

영혼을 뼈 가까이 두는 이 옅은 맥락에

관을 부쉈지만 뼈에서 깨지 않았다

날씨와 상관없이 학생 경기가 열렸어.

수구였던가, 추우니까 어서 들어오라는 목소리.

희박하게 모여서 선헤엄을 치고 있었어.

0:0 동점을 이루는 동안, 허공에 고이는 공.

그물망을 들어 올려서 흰 양말을 흘려보낸 일.

폭설에도 따뜻하게 물이 흐르게 하고, 풀리는 무릎이 물결을 일으킬 때

너희는 전부 알 것 같았지.

글피의 날씨는 눈이 그칠 때까지 눈이 내리는, 예감에 지나지 않을 것이고

예보는 그 퍼짐이 넓고 부드러울 것이며

곁이 번지면, 다음 진화의 순번에 희박해진 것이 있었어.

공중전으로 목말을 태우는 시간,

추우니까 일단 들어오라는 겨울의 룰에.

사라진 문이 열려 있었다.

꿈속이었고 외국이었다.

환한 입구의 고스트 하우스.*

선불리 풀을 심지 않았다. 물을 끌어오지 않았다.
물을 주는 일보다 문을 닫는 일이 먼저일 테니.

텅 빈 곳일수록 문이 짙을까. 꿈속에서 문이 닫히면 시차가 깊을까.
이 꿈은, 아무 말도 하지 않고 싶어 하다가도

눈이 부셨다.
잠든 자를 잠시 닫아두는 일상의 빛. 일상이 된 비일상의 빛.

꿈속에서 인사를 나누었지만, 꿈 밖에서도 인사를 나누었던 것.

타인의 미래를 기다리면 다시 겨울이었다.

고개를 숙이고 눈길을 걷는 꿈속 습관으로
꿈속까지 따라오는 장소를 부드럽게 뒤집을 수 있었다.

꿈속에서 눈을 감으면, 동면에서 이르게 깬 것 같았다.

* 필립 존슨, 「고스트 하우스」.

어느덧 아이들은 아름다운 악기를 물려받는다
고악기에 다가서는 어깻숨
가벼운 터치감
백 년 전 악보를 초견하는 것
고악보의 유령들이 희부옇게 귀여웠던 것
유령들이 물컵에 넣어둔 하얀 불가사리
별에 대한 아이의 첫 연상이 여전히 이 세계를 지키고 있어

깊은 밤 노인이 아이에게 부드럽게 말을 높이는
최고의 목소리가 들렸다

아이들은 웃음소리로 헬륨 풍선을 잃는다

❄

놀이터는 폐허가 되어본 적도 없이 희고…… 눈 내린 시소에 어린 쌍생아가 남아 있었다.

둘은 둘이 다녔지. 너희들 그러면 천사가 못 된다. 희미하게 웃는 둘.

시소의 한편은 차갑고 한편은 따뜻했다.

그것은 두 개의 유년이 감각하는 각각의 영원에 관한 놀이였다.

가벼움과 무거움 사이에 균형을 두면, 이 하얀 시소에 멀미가 나고

더 존재하는 쪽으로 시소가 기울어졌다.

❄

맞은편으로 세계를 옮겨놓는 서성거림.

❄

시소가 발목까지 차갑게 도착해오면 더 멀리 가지 않았다.

양 끝을 구별하지 않았다.
신격과 심령을.
영혼과 영원을.
쌍생아와 쌍생아의 분리 실패를.
뼈가 없는 마음과 뼈로 된 마음을.

둘의 부드러운 한가운데, 밀결합하는 기분이 있었다.

나란한 우리는 왼손이 둘이었으니
나란한 우리는 왼손이 둘이었다는 동시적인 혼잣말.

❋

집으로 돌아가는 아이들이 헤어지는 수순을 갖고 놀면서
눈 속에 청사과를 파묻고 갔다.

해가 지면 놀이터는 청사과의 은녹색을 깊이 품었다.

더 깊이 돌려줄 수 있을 때까지, 기둥에 그네가 휘감기는 초연결.

❋

그네가 떨어질 때 아이들은 천사를 끊었다.

천 피스 퍼즐을 맞추고 나서 하얀 뒷면을 쏟았다.

흩어지는 것을 악기라 하고 싶어서.

퍼즐은 흩어졌다. 천 개로 흩어질 수 있는 것이 되었다.

앞선 장면을 부수던 기억이 밝고 충분했다.

퍼즐의 하얀 뒷면을 좋아했다는 것. 쏟아지면, 흰 것이 천 개가 되었다는 것.

부서진 후에, 되비추고 되비치는 맹목과 맹점을 잃었다는 것.

흰곰이 안에서 봅니다.

녹음된 인형이었다.

믿을 수 없이 거대하고 부드러운. 손을 대면 녹아내릴 것 같은.

파묻히면, 눈을 감지 않아도 따뜻했다. 눈을 감지 않고 어둠을 볼 수 있었다.

거대 어둠의 따뜻함. 어둠을 따뜻하다고 말하는 것……

어둡고 따뜻한 눈이 내렸다.

이제 와 그럴 수 없는 세계란 건 없었다. 귓가에 들리지 않는 목소리가 없었다.

흰곰이 당신에게 사랑을 먹입니다.

몸과 마음의 생계를 이었다.

올해 마지막 눈사람에게 더 달아줄 것이 없다. 입속에 밀어 넣었던 레몬사탕이 굴러떨어지고 없다. 밝은 귀를 달아주고 싶었지. 죽은 새의 뼛가루로 빚은 이소골. 현대적인 레몬색과 연회색을 섞어서. 들리지 않는 것을 보여주려고. 보이지 않는 것을 들려주려고.

눈사람이 만든 그늘들. 입김을 불어넣은 기후들. 기후에서 사물로, 사물에서 사람으로, 사람에서 옆 사람. 눈사람이 눈을 맞고 서 있었다. 눈과 입과 영혼 사이에, 조금 짙은 하얀 심장이 뛸 때.

눈이 쌓이지 않아서 눈은 열린 것이 되고 있었다.

유령 곁에 더 조용한 사람이 있는, 유령의 끝이었다.

# 유령 숲에서 아무도 아니었던 마음
# 유령 숲을 태웠던 여기가 아니었던 마음

이 숲의 끝은 정원이구나.

희고 낮은 울타리도 없이, 숲과 정원을 넘나들다 든 생각이었다.

숲 유령이 유령 숲으로 사라진다는 투명한 생각.

넘치는 흰 뿌리들이 이고 가는 짐이 될 때, 집이 더 깊게 버려진다는 생각.

한 세대의 이사 철마다 숲과 약속된 말이 있었다.

회멸된 숲에서 뿌리를 드리우기로. 뿌리를 벗어나면 뿔을 드리우기로.

문 앞에 숲이 그치는 순간, 숲을 뿌리째 선물 받았다.

멀리 왔다는 말끝에, 숲을 두고 온 뿌리를 되선물했다.

# 6부

## 양털 유령, 양떼지기, 아기 양, 아기 양 지킴

# 양털 유령, **양떼지기**, 아기 양, 아기 양 지킴

나는 양떼를 지킨 적이 없으나,
지킨 것과 같다.
— 알베르토 카에이로

목양견이 멈추는 먼 안개의 곁

양떼가 멍드네

순하고 연한 것이 있기를
다른 레이어가 있기를
이번 겨울에 신이 없을 때

미로가 몸을 열어 미로에 눈이 쌓이네

가까운 언덕보다 겨울의 미로가 따뜻해지면
아기 양떼를 미로에 풀고

태어났다면 지켜야 한다고 생각해

니의 흰 개가 그렇게 생각해

**양털 유령**, 양떼지기, 아기 양, 아기 양 지킴

차고 가벼운 돌을 쥐고 잠이 들었다. 꿈속에 양떼가 가득했다. 밤새 엉킨 양털을 깎았다. 양은 유령처럼 텅 비어 있었다. 아무도 모르듯 재배열되는 양떼들. 투명해진 양떼의 느슨한 점력. 흩어진 양들은 가벼운 돌을 삼켰다. 돌을 삼키며 더 깊은 꿈에 닿았다. 깊고 부드러운 밤의 기온이 꿈의 체온이었다. 다시 양털이 자라날 때까지 양의 체온을 깨닫는 시간. 잠에서 깨어나면 두 손에 가볍고 따뜻한 돌이었다.

이 순간, 유령은 세계의 가장 여린 부위였다.

# 양털 유령, 양떼지기, **아기 양**, 아기 양 지킴

이 선한 영혼의 흰 근육……

# 양털 유령, 양떼지기, 아기 양, 아기 양 지킴

구세계였어
비한국적인 인상이었지만 다만 먼 곳이었지
순백의 양떼 속에서 유백색 양이 태어났어
이듬해 황백색 양과 흑회색 양이 태어났어
백 년 후 어둡고 따뜻한 색감의 양떼 속에서 희고 눈부신 양이 태어났어
오랜 밤 눈이 내렸어
양은 사라지기보다 멀어진 것 같았지
양이 멀어질수록 멀어지는 것에 다가갈수록 눈안개가 자욱하고
사라진 유령마저 잃어버리는 안개의 잠재력

한 세대의 기일이 지나고 있었어

어둠이 지울 수 없어 흰 눈이 지우는 현세계였어

찾아보기

# 유령류

악천후에 찾는 유령물 11

열린 티스푼을 두 눈에 올리면 유령의 시야 11

유령의 등뼈는 더 부서지려는 이상한 반짝임 11

첫 유령이 이토록 투명해지는 인사 12

유령은 물이나 뼈에 모여든다는데 물과 뼈가 없을 때 13

비밀과 슬픔 중에 유령을 홀리는 쪽 13

유령의 속살 14

유령보다도 유령과 관련된 사람 15

유령 소문이 감도는 장소 16

기울기에 스며들어 있는 유령 16

유령과의 거리감으로 흰 벽까지 밀어붙여진 18

주변보다 조금 하얀 얼룩은 유령이 아니었다 20

유령을 본다는 것이 어떤 일이었는가 하는 옅은 기록의 계열 20

창백한 빛이 닿은 필름조차 유령의 일이 아니었다 20

유령인 것을 조금도 숨기지 않는 잠상 20

밝은 창가에 유령의 독사진이 쌓여가고 20

잡아주지 않은 수형을 따라서 유령이 영글고 22

밀려나 자라나는 깊이로, 깊이로 물러나는 틈으로, 방류되는 물의 유령들 24

스스로 거주와 주거를 겹쳐내는 유령들 26

유령 기계는 보이는 세계를 허무는 데 그치지 않고 28

유령이 유령임을 멈추지 않고 '유령을 하는' 수행성 28

유령을 점유하지 않고 유령을 향유하는 빛 29

유령을 하얗게 얼릴 수 있다는 생각이 들면 29

고스트 라이터는 핏빛 사탕을 입에 물었다 30

오랜 머뭇거림 끝에 유령에 이르러서야 속삭이는 말 31

우려낸 기억이 수면 위에 유령 도시를 그려냈다 35

두 발목에 흰 꽃을 걸어 잠그는 유령의 동선 39

반투명 스티커를 떼면 희고 끈끈한 유령이 피어났어 40

일상이 된 영혼은 유령보다 내가 조금 더 보이는 이유 40

유령류 42

유령종 42

유령상 42

유령성 43

유령체 43

서퍼들이 차가운 유령을 뒤집어쓸 때 45

유령은 세계를 해칠 수 없을 만큼 세계를 사랑해야만 했다 49

인간에 가까운 유령과 유령에 가까운 사람을 구분하지 않았다 49

작고 흰 개의 유령과 로봇 개 50

입김으로 흰 꽃을 깨우는 유령의 동력 50

떠도는 유령을 유령선에 데려다주어야 할 때 54

누군가 일력으로 종이접기 하고, 그 얇은 유령선을 잃을 때 54

유령이 선체에 싣는 것은 작고 부드러운 손길이 은닉하는 것 54

엷게 언 유령선이 떠남과 죽음 사이에 머물렀다 55

투명한 일을 더 원하면 어린 유령에게서 잠든 아기 냄새가 나겠지 59

미래의 빈집에 맡겨둔 유령조차 빛 속에 흘러드는 체류였다 60

유령이 하얗게 뭉쳐진 돌   61

스웨터를 껴입은 유령처럼   65

가벼운 악수로 빈 장갑을 결성하는 유령의 맨손   65

하얀 유령과 텅 빈 유령을 배치했다   67

숨겨진 유령들   68

반유령과 반려 유령들, 유리 유령과 양털 유령들, 초여름 풀 냄새의 유령과, 겨울밤 빨랫비누 향을 흘리는 유령……   68

단 하나의 빈칸에 관한 유령학   70

눈부신 디테일의 유령론   70

텅 빈 수조 속에 수중 유령이 가득하고   71

부피조차 차지하지 않는 이 어떤 유령됨   72

폐쇄된 미로가 유령의 집이 되고, 폐장한 유령의 집이 미로가 될 때까지   74

미로를 느긋하게 걷던 유령의 발목이 흔들리는 것은 추월의 움직임이 아니었다   74

유령의 경로가 미로를 역설계했다 75

유령체가 유령계를 향하는, 길을 잘 헤매는 피 78

눈부신 유령들 84

이곳에 유령이 없어서 유령이 온 것이었다 84

그곳에 유령이 사라진 적 없어서 유령이 사라진 것이었다 84

길고 긴 유령사는 그보다 더 길고 연약한 인간사를 되짚었다 87

미래의 유령보다 유령의 미래를 기억했다 87

유령의 끝은 유령이 옅은 몸을 갖는 것 87

유령의 작고 흰 발들, 유령 미아들 95

눈사람에 사람을 제한 것은 언제 유령이 되었을까 98

눈사람은 언제 유령들의 관이 되었는지 98

환한 입구의 고스트 하우스 102

고아보의 유령들이 희부옇게 거어웠던 것 104

유령들이 물컵에 넣어둔 하얀 불가사리 104

유령 곁에 더 조용한 사람이 있는 유령의 끝 110

숲 유령이 유령 숲으로 사라진다는 투명한 생각 111

양은 유령처럼 텅 비어 있었다 117

이 순간, 유령은 세계의 가장 여린 부위였다 117

사라진 유령마저 잃어버리는 안개의 잠재력 119